Y.

Yƒ82HG.

LE
MARIAGE
DE LA
REINE
DE
MONOMOTAPA
COMEDIE.

A LEYDE,

Chez Felix Lopes.

M. DC. LXXXII.

A
Monsieur
RUYS
Conseiller & Echevin
de la
Ville de Leyde.

Monsieur,

S'il est vray que le Sage ait quelques momens moins serieux, j'espere que sans rien
dérober de ces heures précieuses que vous em-
ployez à la discution des importantes affaires de cette Ville dont vous êtes une des plus
vives lumieres & un des plus integres Ju-
ges, vous jetterez en passant la vue sur cette
Comedie & que n'étant pas moins genereux
qu'éclairé, vous me pardonnerez la liberté

*

que

que j'ay ofé prendre d'honnorer fon front de
vôtre illuftre Nom. J'avouë que ce feroit
vous faire un préfent de peu de confequen-
ce, fi je n'étois perfuadé que vous n'étes
l'ennemi des plaifirs qu'autant qu'ils blef-
fent les mœurs & que cette Piéce ne con-
tenant rien qui les offence, vous peut faire
naître quelques momens d'un divertiffement
honnefte. Il eft vray, Monfieur, que je
devrois confiderer qu'une perfonne née pour
les grands Employs & pour les plus hauts
Miniftteres, liroit avec plus de plaifir un
Ouvrage politique, que fi parmi les Bour-
guemeftres,

Tu n'as pas occuppé jufques-icy de
    place,
L'éclat de tes vertus & ton illuftre fang,
Ne trouvant en ces lieux aucun qui te
    furpaffe,
(T'eleveront bientôt à cet augufte
    rang,
Mais mes Mufes ne pouvant encore at-
teindre à des Productions fi fublimes &
étant impatientes de vous rendre quelqu'
hommage, j'efpere que vous ne defagre-
    rez

rez pas ces foibles efforts & qu'ils vous seront un gage du profond respect avec le
quel je suis,

Monsieur,

Vôtre tres humble & tres-
obeïssant serviteur

* 2   Bel isle.

ACTEURS.

LIZANDRE.

ISABELLE.

ACANTE, Pere d'Isabelle.

LIZETTE, suivante d'Isabelle.

MASCARILLE, valet de Lizandre.

NOTAIRE.

LE
MARIAGE
DE LA
REINE
DE
MONOMOTAPA
COMEDIE.

SCENE I.

LIZANDRE, MASCARILLE.

LIZANDRE.

Ors que je concevois la plus forte esperance
De receuillir les fruits de ma perseverance
Et de nous voir unis mon Isabelle &
   moy,
Son pere se prépare à me manquer de
   foy.
Il cherche des destours, il invente des ruzes,

De

De cent chofes de rien il fe fait des excufes,
Ne me parlant jamais d'un ton de verité;
Et je n'ofe luy dire en pleine liberté.
Ce fafcheux accident me comble de triftefse,
Mafcarille, envoyons cette fafcheufe hoftefse,
Si pour m'en délivrer tu manques de fecret;
De rage, de douleur, de honte & de regret
Il faut que d'un poignart à tes yeux je me dinde,
Je hay plus qu'à mourir.

MASCARILLE.

             Donnez-vous-en bien garde.
La mort nous fait paffer fous de terribles loix,
Et l'on ne faute point ce paffage à deux fois;
Je vous l'avois bien dit, voftre mélancholie
S'en va dégénérer dans trois jours, en folie:
Et l'on en fait conduire aux petites maifons
Que l'on n'y traifne pas auec tant de raifons.
Se plaindre, s'affliger, fe tourmenter fans cefse,
Ne boire ny manger, font-ce traits de fagefse?
Courir & tracaffer, foupirer jour & nuit,
De voftre paffion ne faire que du bruit,
N'eft-ce pas eftre fou de la belle maniére?
Que vous méritez bien de paffer la cariére;
Et du monde efgaré eftre fait Citoyen;
Pour vous en garentir je ne fçay qu'un moyen.

LIZANDRE.

Quel moyen?

MASCARILLE.

         Oubliez, & quittez Ifabelle.

LIZANDRE.

Le malheureux confeil; puis-je vivre fans elle?

                          MAS-

MASCARILLE.

Ouy, ceffez d'affieger ces dangereux appas;
Allons au cabaret faire cent bons repas;
Vous n'aurez pas efté quinze jours foubs la treille
A trancher le Jambon & vuider la bouteille,
Qu'il ne vous fouviendra d'Elle, ny de l'Amour,
Et nous aurons aprés du repos plus d'un jour.

LIZANDRE

Penfe-tu qu'un repas peuft m'ofter la mémoire
De toutes ces douceurs, & de toute ma gloire?

MASCARILLE.

Sans doute, & j'oferois vous en jurer ma foy;
Je ne juge en ce fait par d'autres, que par moy.
Quand la fiévre me tient d'une ardeur fabs pareille,
Je me jette au colet d'une groffe bouteille,
Je la vuide, & je dors; puis m'éveillant confus
D'avoir efté malade, il ne m'enfouvient plus.
Quand je perds mon Argent j'ay la mefme reffour-
    ce,
Je me remplis le corps du refte de ma bource,
Ou bien le crédit marche : Et tandis que je boy
Ie m'eftime plus riche & plus content qu'un Roy.
Ie fus un jour fi fot que d'aller à la guerre,
Mais quand j'avois couché demy-nud fur la Terre,
Crevé de laffitude, & de froid & de faim,
I'oubliois tous ces maux quand je trouvois du vin.
Vons voyez quel Amour me touche pour Lizette,
Mais lors qu'elle me fait de fes tours de coquette
Ie cours à la taverne, & j'en reviens fouvent
Cent fois plus Amoureux, que je n'eftois devant.
Mefme quand un chagrin que voftre amour vous
    preffe
Vous afflige dans l'ame & vous monte à la tefte,
Et que, raifon ou non, je me trouve battu

Ie cours, pour tout reméde, au jus du bois tortu.
Ainſy conſiderez ce que je vous conſeille,
Allons-nous réjoüir & buire à la pareille.

LIZANDRE.

Maſcarille, mon mal ne dépend pas du vin,
Puis-je me ſéparer d'un objet tout divin,
Qui m'aime, & qui jamais de mon cœur ne s'ab-
ſente,
Aux yeux de mon eſprit elle eſt toujours preſente,
Son adorable image occupe tous mes ſens
Et rédouble ſans fin les ardeurs que je ſens :
Par ſon rigoureux Pere elle m'eſtoit promiſe,
Mais il me fait languir de remiſe en remiſe,
Il adjoute ſans ceſſe à ſon retardement,
Et ne regarde point l'excez de mon tourment.
Ie luy rends cent debvoirs, & rien ne le contente,
Il jure quelque fois de remplir mon attente,
Mais il promet ſans ceſſe, & differe tousjours,
Il faut de cette peine interompre le cours,
Tache de m'en ſortir.

MASCARILLE.

Vous avez en vous-meſme
De quoy vous délivrer de cette peine extréme;
Pour moy j'en ſortirois à mon aiſe, & trés-bien,
Quand je crains un reffus, Je ne demande rien.

LIZANDRE.

Moy ! ne rien demander d'une conqueſte acquiſe,
D'une beauté ſi rare à mon amour promiſe,
Par un pere accordée à mes juſtes deſirs,
Qui veut injuſtement détruire nos plaiſirs,
Ce ſeroit me confondre & trahir Iſabelle ?
Dans les heureux momens que je ſuis auprés d'elle
Elle me fait connoiſtre avec empreſſement
Qu'elle n'a point de part en ce retardement;

Sou-

Souvent elle travaille à réduire son pere
A me favoriser du bonheur que j'espére,
Sa mere la seconde, & je ne sçay pourquoy
Ce Vieillard obstiné me veut manquer de foy.

MASCARILLE

Je voy trop sur quel ton le radoteur s'excuse,
Il faut peu de lumiére à pénétrer sa ruse,
Pour peu qu'on puisse avoir l'Esprit intelligent,
Il veut donner sa fille, & garder son argent.
Faites luy concevoir que vous ne cherchez qu'elle,
Aprés, je vous responds qu'il vous sera fidelle.

LISANDRE

Mascarille, ses yeux causent tout mon soucy,
Je ne regarde qu'elle, & ne veux qu'elle aussy.
A ce pere trompeur j'ay souvent fait connoistre
Qu'avec assez de bien le ciel m'avoit fait naistre
Pour vivre sans son aide, & me pouvoir passer
D'affoiblir sa pécune, & de l'embarasser.

MASCARILLE.

Vous en avez plus dit qu'il n'en croyoit, possible.

LISANDRE.

Je ne sçay d'où luy vient ce changement horrible.

MASCARILLE.

Ne vous sçavez-vous point en amour de Rival?

LIZANDRE.

Je n'ay pas de sujet d'apprehender ce mal,
Si je n'ay veu personne approcher d'Isabelle
De puis dix mois entiers, que je brusle pour elle.
A 4   MAS.

MASCARILLE

Je n'ay pas veu personne en approcher auffy :
Mais fa Lizette fort, qui caufe mon foucy;
Elle vient à propos du logis de fon maiftre
Allez voir Ifabelle ; & j'apprendray, peut-eftre,
Prenant avec Lizette un moment d'entretien
Quel obftacle fatal s'oppofe à voftre bien.

LIZANDRE.

Tafchez à pénétrer le fecret du miftére.

MASCARILLE.

Si Lizette le fcait, je refponds de l'affaire.

SCENE II.

LIZANDRE, MASCARILLE, LIZETTE.

LIZANDRE.

Ta maiftreffe, Lizette, eft elle feule en haut?

LIZETTE.

Ouy, Monfieur ; & fort trifte ; allez-y comme il
    faut,
En Amant qu'on rebute eftre un peu téméraire
Ce n'eft pas un deffaut qui puiffe trop defplaire
Si vous la rencontrez prenez l'occafion,
Et laiffez le bon-homme en fa confufion.
Ma foy, fi Mascarille eftoit fait en Lizandre,
Ma maiftreffe & mon maiftre auroient beau fe def-
    fendre;
Frere & fœur, pere & mere, & tout le genre humain
      Ne

Ne m'empefcheroient pas de luy donner la main :
Et mais je ne dois pas m'expliquer d'avantage.

LIZANDRE.

Je fuis refpectueux, & ta maiftreffe eft fage :
Pluftoft que la choquer j'abandonneray tout,
Mais nous mettrons bien-toft le vieux perfide à
    bout.
Lizette fers ma flame. En vous laiffant enfemble
Je ne fais pas de mal.

SCENE III.

LIZETTE, MASCARILLE.

LIZETTE.

Non pas trop ; mais je tremble
Quand je me treuve feule un moment avec toy.

MASCARILLE.

Et pourquoy donc trembler ?

LIZETTE

Je ne fcay pas pourquoy,
Mais tu parois toujours campé fur le pied gauche
Comme un jeune Eventé qui fort de la débauche,
Que trop d'ardeur agite, & qui te rend fufpect
De ne me garder pas feurement le refpect.

MASCARILLE.

Cette peur me furprend & m'offence, Lizette ;
Ainfy, comme le corps, j'ay l'ame affez bien faite,
Je fuis difcret, fidéle, & fort homme de bien,
De peur de te fafcher je ne te feray rien.

LIZETTE.

Je suis assez complette, on n'a rien à me faire,
Aussi de ta façon n'ay-je pas grande affaire,
Je travaille moy seule à ce que j'ay besoin,
Et je ne prétends pas rien tirer de ton soin.

MASCARILLE.

Il est vray, tes desdains mesprisent mon service,
De craindre de me rendre un agréable office.

LIZETTE.

De pouvoir te servir j'aurois bien du bon-heur,
Pourveu que rien ne passe aux despens de l'honneur.

MASCARILLE.

Cette condition m'accommode, Lizette,
Elle respond assez à ce que je souhaite,
Tu me fais une loy que je dois accorder,
N'ay-je pas, comme toy, mon honneur à garder?

LIZETTE

Gardons bien l'un & l'autre, & m'apprend quelle
affaire
A tes empressemens me rendra nécessaire.

MASCARILLE.

Ie veux sçavoir de toy seulement, un secret.

LIZETTE.

Ie n'en ay jamais dit sans en avoir regret,
Mais je perdray pour toy cette crainte frivole.

MAS-

MASCARILLE.

De te le conserver j'engage ma parole,
La chose que m'importe & que je veux sçavoir
C'est , quel sujet ton maistre en son cœur peut a-
     voir
Pour faire tant languir Lizandre , & ta maistresse,
Et ne rien accorder à l'ardeur qui les presse ?
Aprés avoir promis de les appaiser
Il est temps qu'il s'y mette , & de les marier.

LIZETTE.

Ma foy c'est un secret difficille à comprendre.
Isabelle ny moy ne le pouvons apprendre.
Ce faux renard le garde au fond de son vieux sein,
Et ne laisse jamais pénétrer son dessein.
Avec soin il le cache , & de sa moitié mesme,
Qui sçait tous ses desirs, qui l'adore, qui l'aime ,
Qui donne tous ses soins à ce fascheux espoux,
Le faux traistre s'en cache aussy bien que de nous.
Il a certain amy dans sa corespondance
Qui tient tout le secret de cette confidence ,
C'est un homme pourtant , dont on fait peu de cas.

MASCARILLE.

Dequoy se mesle-til ?

LIZETTE.

              Il fait des Almanachs.
Se dit estre sçavant dedans l'Astrologie,
Et je me trompe fort s'il n'entend la magie ;
L'autre jour ce bon rustre, en me prenant la main
Me dit , vostre visage est tout à fait humain,
Vous n'avez de rigueur que ce qu'il faut , en l'a-
     me ,
Et vous estes sensible à l'amoureuse flame ;
          A 6   Puis

Puis fans me tefmoigner que ce fut à deffein
Il fe pencha fur moy pour me baifer le fein,
Mais je le repouffay de la belle maniére.

MASCARILLE.

Tu devois luy fouffrir la grace toute entiére,
La pefte qu'il en fçait, fon nom?

LIZETTE.

C'eft Abranton

MASCARILLE.

Sen logis?

LIZETTE.

Il demeure au fauxbourg St. Victor.

MASCARILLE.

Il t'aura fupplié de luy rendre vifite.

LIZETTE.

Il m'a dit que fa chambre eftoit belle, & petite;
Qu'il voudroit m'y tenir pour m'apprendre mon fort,
Et donner des avis qui me ferviroient fort.

MASCARILLE.

Il te plaift, il te preffe, il te careffe, il t'aime,
Il t'oblige à l'aimer par une adreffe extréme,
Si tu l'aufeffé voir dis-le moy nettement.

LIZETTE.

En ferois tu fafché?

MAS-

MASCARILLE.

Moy! fasché, nullement,
Est-il bien fait, & jeune?

LIZETTE.

Il à la barbe grise,
Les cheveux, si crespez, qu'on diroit qu'il les frise,
C'est un drosle de coffre, il est borgne & manchot,
Bossu devant, derriére, & ressemble un magot.

MASCARILLE.

Lizette, en verité son portrait me rassure,
Un glaçon ma coulé par toute la fressure,
De la peur que j'avois d'un espéce d'affront,
J'ay sué pour ta gloire, & tremblé pour mon front.

LIZETTE.

Tu prends bien-tost l'elarme.

MASCARILLE.

À Dieu, le temps me presse,
Servons fidélement mon maistre & ta maistresse.

LIZETTE

Mais que te dit le Cœur?

MASCARILLE.

Toûsjours mesme chanson,
Lizette adoucis-toy baisons-nous, sans façon.

LIZETTE.

Tu ne t'y prendrois pas avec assez de grace.
A 7   MAS-

MASCARILLE.

Ie t'aime cent-fois plus, qu'un coquin fa bezace.

LIZETTE.

Belle comparaifon à produire en amour.

MASCARILLE.

Mon cœur bruſle pour toy , comme la braiſe au four,
Son ardeur me ſuffoque, attends que je l'eſteigne,

LIZETTE.

Voilà tousjours de toy ce qu'il faut que je craigne,
A Dieu.

MASCARILLE.

Sans m'obliger.

LIZETTE.

J'entends deſcendre icy.

Je m'en vais desjeuner.

MASCARILLE.

Et moy j'y cours auſſy.

SCENE IV.

LIZANDRE, ISABELLE.

LIZANDRE.

Quand je reçois d'un pere un traitement ſi rude
Donnerez-vous le comble à mon inquiétude?
Voudrez-vous, d'un parjuré imitant la rigueur,
Devenir infidelle & m'oſter voſtre cœur?

Le

Le mien, en rejettant cette funeste crainte,
Croit que vostre vertu ne peut souffrir d'atteinte.
Que vous estes constante, & que pour mon bonheur
Autant que vous m'aimez vous cherissez l'honneur;
De jamais estre ingratte il vous tient incapable,
Et que le seul penser en deviendroit coupable:
Que tous vos sentimens sont assez généreux,
Pour ne consentir pas à faire un malheureux.

ISABELLE.

Depuis un si longtemps que vous voyez mon ame
Respondre exactement à vostre tendre flame,
Ce vous debvroit bien estre un indice certain
Que vous tenez mon cœur engagé, de ma main;
Quand je vous le donnay soubs l'adveu de mon
        pere
Qui retarde ma joye, & qui me desespére,
De sa fragile part il ne vous donna rien
Vos mérites l'ont pris & le garderont bien,
En vain il se retranche en cette loy cruelle
Qui veut qu'on obeïsse, il use trop-mal d'elle,
Il m'en a dégagée en vous donnant ma foy,
Et je ne dépends plus que de vous & de moy:
Mais je m'estonne fort, qu'à present il m'ordonne
De hanter le grand monde, & je ne vois personne:
Vous pouvez, me dit-il, aller discrettement
Où mille autres que vous vont assez librement,
Je ne vous deffends pas de faire voir vos charmes
Sans que ma confiance en reçoive d'allarmes,
Chacun peut en ce monde esprouver son destin,
Mais agissez tousjours pour une bonne fin;
Que sçait-on de quels yeux vous serez regardée,
Une bonne fortune est souvent hazardée;
Commencez sa conduitte assez heureusement
Quand un beau trait du sort donne un illustre A-
        mant.
A paroistre en public mon Pere me convie
Et si je l'en croyois, je ferois bonne vie,
J'aurois la Comédie & le bal, ou les jeux,

Et

Et le cœur quelque fois ne s'en trouve pas mieux;
De tant de liberté mon amour me retire;
Je trouve dans vous seul tout ce que je desire,
A voftre seul plaifir je régle mes plaifirs,
Si vous ne m'en croyez, croyez-en mes foupirs,
Ces témoins innocens donnent lieu de les croire.

LIZANDRE.

Ha! c'eft trop me combler d'une fenfible gloire,
Je n'aime, je n'eftime & n'adore que vous,
De mille autres beautez j'ay repouffé les coups,
Seule vous poffédez mon ame toute entiére,
Mais voicy voftre Pere, avec fa mine fiére,
Qui me rejette encor des regards ménaçans,
Souvenez-vous tousjours des peines que je fens.

SCENE V.

ACANTE, LIZANDRE, ISA-BELLE.

ACANTE.

Comme quoy pouvez-vous eftre fans ceffe enfemble?

LIZANDRE.

Puis qu'il faut que bien-toft un nœud fainct nous affemble
Nous fommes obligés de nous entretenir,
Pour que fur le prefent nous réglions l'avenir.

ACANTE.

Pourquoy vouloir régler une chofe douteufe?
D'un beau commencement la fin peut eftre honteu-
fe.

Tout

Tout ce qu'on se propose arrive rarement,
Et vous feriez bien mieux d'en agir autrement.

LIZANDRE.

Pourquoy? nostre entretien ne peut estre frivole,
Je ne parle & n'agis que sur vostre parole.

ACANTE.

Agissez & parlez, tout cela ne dit rien,
Chacun est obligé de rechercher son bien.
Si ma fille rencontre un party plus sortable
Vous me permettrez bien cet adveu veritable,
Que je le recevray comme il méritera,
Et que de son débvoir mon soin s'acquittera.
Ces grands attachemens de longueur importune
Doibvent-ils destourner nostre bonne fortune?
Non, si quelque bon sort se déclare pour nous,
Je donneray ma fille à plus riche que vous.

LIZANDRE.

La déclaration n'est pas bien raisonnée,
Ne vous souvient-il plus de me l'avoir donnée?

ACANTE.

Non, j'en perds la mémoire.

ISABELLE.

                    Il m'en souvient à moy,
Et que par vous Lizandre est maistre de ma foy;
Comme elle est toute juste & saintement jurée,
Elle sera pour luy d'éternelle durée.
Ne vous attendez pas de me faire changer,
On ne romp point sa foy sans beaucoup de danger,
Et la Cause pourquoy mérite qu'on la die,
C'est que tousjours le Ciel punit la perfidie.

ACAN-

ACANTE

Ma fille, vous prenez le party d'un Amant,
Et vous le souftenez fort inutilement:
J'ay, sur ce grand sujet, des raisons à vous dire,
Qui me font demander que Monsieur se retire;
Luy-mesme, s'il sçavoit le grand sort qui vous suit,
Confesseroit icy que sa flame vous nuit.

ISABELLE.

Je veux bien qu'il l'ignore, & quoy qu'il en advienne
Je suivray sa fortune, & ce sera la mienne.

LIZANDRE.

Je cede, par respect.

ACANTE.

Gratez de longs adieux.

LIZANDRE

Peut-estre une autre-fois me traiterez-vous mieux.

ACANTE.

Il est assez permis de vivre d'Espérance
Mais de l'évenement prenez moins d'assurance,
A moins de chercher place à l'hospital des foux.

LIZANDRE.

Je m'en assureray si je puis, malgré vous.

SCE-

SCENE VI

ACANTE, ISABELLE.

ACANTE.

Nargue.) Avec un tel fou que prétendez-vous faire?
Pensez-vous me réduire à conclure une affaire
Qui ne vous est plus propre, & que je ne veux
    pas,
Instruit du grand destin dont vous suivez les pas?
Vous n'allez point courir de vulgaire fortune,
Et sans plus approuver sa recherche importune
Quittez-moy ce Lizandre, & regardés plus haut,
Je vous ajusteray de tout ce qu'il vous faut.
Pour vous faire placer dans le rang où je pense
Je ne veux espargner ny peine, ny despence,
Apprenez l'art de plaire, & voyez d'autres gens,
Et ménagés pour vous ces conseils indulgens.

ISABELLE.

Vous me donnez la bride assez lasche, mon Pere,
Et si pour arriver au bon-heur que j'espére
Je me voulois servir de vos permissions,
Lizandre auroit beau jeu dans ses prétentions.
Pour tromper vostre esprit nous pourions nous en-
    tendre,
Mais de cette façon je ne veux point Lizandre,
Nous sommes engagez l'un à l'autre, & pour moy,
Quoy qui puisse arriver, je garderay ma foy:
A cette ambition mon attente est bornée,
Que je sois à ses yeux ou bien ou mal ornée,
Que je sois riche ou pauvre il m'aimera tousjours,
Et vous debvriez me faire un plus juste discours.

ACAN-

ACANTE.

Il faut donc que j'apprenne à parler, de ma fille,
Vous devenez le chef de toute ma famille,
Avec crainte & refpect tout defpendra de Vous,
Je veux auparavant vous affommer de coups,
Qu'on m'apporte un bafton;

ISABELLE.

A mon fecours, Lizette.

SCENE VII.

ACANTE, LIZETTE, ISABEL-
LE.

LIZETTE.

Monfieur, auriez-vous bien la tefte affez mal faite
Pour fraper voftre fille, & la battre pour rien?
Venez, nous fommes deux, & deffendez-vous bien,
Vous ne fiftes jamais de fi mefchante affaire,
Je luy confeilleray tout ce qu'elle doit faire,
Si d'efprit & d'humeur vous ne voulez changer
Nous trouverons affez dequoy nous bien vanger.

ACANTE.

Ecoutez-la jazer, voyez comme elle caufe,
Je vous apprendray bien à parler d'autre chofe.

LIZETTE.

Peut-eftre, & nous verrons comment il en ira,
Mais de voftre chagrin tout le monde rira:
Vous ferez croire, enfin, que vous n'eftes pas fage,
Jamais vous ne voulez entendre au mariage,

Un

Un marchand de Lion avec cent mille efcus
Vouloit efpoufer voftre fille,
La fomme eftoit affez gentille
Pour n'en faire pas de reffus;
Que puis-je dire là-deffus,
La marchandife eft bonne & belle,
Mais je tremble de peur pour elle,
Que pareils marchands ne luy reviennent plus.

ACANTE.

Voyez cette friponne, elle fait la mauvaife,
Je vous auray tantoft toutes deux, à mon aife,
Et vous régaleray d'un fervice nouveau.

LIZETTE.

Madame, voftre pere a beu du vin fans eau.

ISABELLE.

Non pas, mais il eft yvre à prefent de colére,
De ce qu'à fes defirs je ne veux pas complaire.
Il prétend de ravir Lizandre à mon amour,
Je quitteray pluftoft la lumiére du jour,
Mais, voicy Mafcarille en plaifant équipage,
Il eft devenu fou, Lizette;

LIZETTE.

J'en enrage,
Que fon maiftre tantoft luy graiffera la peau.

SCE-

SCENE VIII.

ISABELLE, LIZETTE, MAS-CARILLE.

MASCARILLE.

Almanachs, Almanachs, grand Almanach nouveau.

ISABELLE.

Où vas-tu? d'où vient tu? que prétends-tu de faire?

MASCARILLE.

Je viens vous avertir d'une fort bonne affaire,
J'ay sçeu tout le secret du bon-homme & morguoy,
Vous aurez du sujet de vous loüer de moy,
Rentrez, retirez vous, j'attends icy mon maistre.

LIZETTE.

Rentrons.

ISABELLE.

Mon pere est-là, qui nous battra, peut-estre.

LIZETTE.

Ne craignez rien, Madame, allons, entrons tousjours.

MASCARILLE.

Si le vieux pénard gronde, appellez au secours,
Almanach, Almanach qui prédit des merveilles.

SCE

'S C E N E IX.

LIZANDRE, MASCARILLE.

LIZANDRE.

Bon, voicy mon coquin, coupons-luy les oreilles,
Yvrogne, d'ou viens-tu?

MASCARILLE.

Ne vous emportez pas.

LIZANDRE.

Que veux-tu faire, sot, de tous ces Almanachs?

MASCARILLE.

Ils sont bons, & morbleu, je prétends les revendre
Pour remplacer l'argent qu'il m'a fallu d'espendre
Avec un Astrologue, à tringuer tout le jour;
Et cela seulement pour servir vostre amour.
Lizette m'avoit dit, que le plaisant compere
Estoit d'intelligence avec vostre beau-pere,
J'en ay sçeu le commerce, & bien instruit de tout
En trois heures au plus, vostre affaire est à bout.

LIZANDRE.

Fais-moy de ce négoce un récit véritable.

MASCARILLE.

Je n'en parleray point que le ventre à la table,
Pour boire le premier un grand verre à la main.

L—

34

LIZANDRE

Parle, je te promets de te fouler demain.

MASCARILLE.

A d'autres, vous feriez, peut-eſtre, le malade,
Toute longue remiſe eſt facheuſe en ſoulade.

LIZANDRE.

As-tu ſi peu de zele, & ſi peu d'amitié?

MASCARILLE.

De voſtre impatience il faut avoir pitié;
J'ay forgé dans ma teſte un projet néceſſaire,
Mais laiſſez-moy, de grace, & laiſſez moy tout faire.

LIZANDRE.

Allons je m'abandonne aux caprices du ſort,
Mais ſi tu réuſſis tu me tromperas fort.

MASCARILLE

Alte, je vois ſortir le prétendu beau-pere,
Pour que la choſe arrive ainſy que je l'eſpere
Il faut, mais eſcoutez, faites voſtre debvoir,
Je le veux préparer à nous bien recevoir.

SCENE X.

ACANTE, MASCARILLE.

ACANTE.

Ha! voilà Maſcarille en plaiſante figure,

C'eſt

C'eſt un oiſeau, pour moy, de malheureu x augure
Ainſy que d'Almanachs, il s'eſt chargé de vin.

MASCARILLE.

Monſieur, vous dittes vray, que je viens du devin.
Que d'honneur va tomber deſſus voſtre famille!
Que de gloire aujourd'huy s'apreſte à voſtre fille!

ACANTE.

Ignorant, que ſçais-tu?

MASCARILLE.

       Mais, que ne ſçay-je pas?
Apprenez en deux mots, que je viens de ce pas
D'avoir ſur voſtre affaire un tres-bon dialogue,
Et de m'en eſclaircir avec un Aſtrologue:
Luy parlant pour mon maiſtre il ma dit, qu'en ce
    jour
Il ſe verroit ravir l'objet de ſon amour,
Qu'un Roy, de qui le nom eſchape à ma mémoi-
    re,
Par ſes Ambaſſadeurs vous combleroit de gloire,
Il marmotte des mots où je ne comprens rien,
Mais, peut-eſtre, Monſieur, les entendrez vous bien.
Il dit que Jupiter & Mercure & Saturne
Se trouvans conjuguez dans une heure nocturne,
Deſſous le trine Aſpect de Venus & de Mars
Conjoindront voſtre fille avec un des Ceſars
Enfin, c'eſt un grand roy, que le ciel vous deſtine:
Il ma dit que, peut-eſtre, il viendroit de la Chine,
Qu'il ſeroit Moſcovite, ou Tartare, ou Perſan,
Mais pour toute remarque il aura le Turban,
Et que Monſieur Lizandre en ce moment funeſte,
Pourra chercher ailleurs à jouër de ſon reſte,
Que ſa flâme autrepart ſe devoit divertir,
Et j'ay pris le deſſein de vous en avertir.

B   ACAN-

ACANTE.

Je te fuis obligé de ta bonne nouvelle,
Mais, Parle franchement, ma fille eſt-elle belle
Aſſez pour mériter l'amour d'un Potentat,
Et dignement reſpondre à ce pompeux éclat.

MASCARILLE.

Sans doute elle eſt trop belle, & mon malheureux
         maiſtre
A qui pour vous ſervir je fais un tour de traiſtre,
De cét événement ſe verra bien confus,
Vous aviez bien raiſon d'en faire le refus.

ACANTE.

Va, je te donneray quelque choſe pour boire,
J'ay, plus que tu n'en ſcais, de raiſon de te croire.

MASCARILLE.

Vous eſtes honneſte-homme, & je m'attends à
         vous,
Mais on ſort de ſa porte allons ſonger à nous.

SCENE XI.

ISABELLE, LIZETTE.

ISABELLE.

Lizette, que dis-tu des rigueurs de mon Pere?
Tu vois qu'en ſes deſſeins ſans-ceſſe il perſévère,
Il veut que ſans mérite & ſans condition
l'eſleve mon courage à plus d'ambition,
Lizandre, à ſon advis, eſt d'eſtoffe trop mince,
Il m'a dit qu'il vouloit que j'eſpouſaſſe un Prince,

Doibs

Doibs-je, pour mettre fin à sa séverité,
Achever nostre hymen sans son authorité?

LIZETTE

Ma foy, je n'en voudrois point d'autre que la mien-
ne.
Allons joindre Lizandre, & quoy qu'il en advienne
Achevons entre nous nostre commun bonheur
Lizandre a de l'amour, de l'Esprit, de l'honneur,
Jettons-nous en ses bras sans crainte, ny remise,
Il vous tiendra tousjours la foy, qu'il a promise.
Si nostre vieux résveur arrive à s'allarmer
Il nous fera d'abord toutes deux enfermer
Dans ces lieux sans commerce, où l'on jette les fil-
les :
Pour moy je ne veux point aller baiser des grilles,
J'aurois trop de frayeur de n'en sortir jamais,
Prenons la clef des champs & courons vivre en
paix.
Ne nous attendons point aux soins de Mascarille,
Si je l'en avois creu je ne serois plus fille,
Il m'en pressa bien fort l'autre jour, au grenier,
Mais je veux qu'un Notaire y passe le premier :
Lizandre en trouvera qui feront bien la chose,
Allons parler à luy.

ISABELLE

Mais, Lizette, je n'ose.
Attendons un petit de voir fermer le jour,
L'honneur régne en mon ame, & s'oppose à l'amour.
Ceux qui ne sçauront pas à quoy je suis réduitte,
Honteusement pour moy parleront de ma fuitte.

LIZETTE

Ce sont nos interests, qu'ils se meslent des leurs,
Laissons jaser le monde & parler les parleurs,
Des Esprits ainsy faits avons nous à déspendre?
B 2   Je

Je n'en connois que deux, Mascarille & Lizandre
Le reste ne m'est rien, qu'il s'aille promener,
Par ma seule raison je me veux gouverner,
L'exacte bien-séance est un file incomode,
La pratique en est vieille & n'est plus à la mode,
A t'en droit de brider nos desirs innocens,
Et ne sommes-nous pas maistresses de nos sens ?
Rien ne peut aller bien quand par force on est sage,
D'un peu de liberté faisons l'aprentissage,
Moquons-nous du vieux fou, qui se raille de nous,
Et qui dans ses chagrins ne parle que de coups.

ISABELLE.

Sans doute il veut user d'une injuste contrainte,
Mais, Lizette, j'ay peine à surmonter ma crainte,
Attendons.

LIZETTE.

Attendez que l'on vous batte bien,
Pour éviter les coups je ne redoute rien.

ISABELLE.

Il me seroit besoin d'emporter ma cassette.

LIZETTE.

Allez la prendre.

ISABELLE.

Et toy ?

LIZETTE.

Cette besongne est faite.
Tout ce que j'ay de bon je le porte avec moy,
Retournez promptement, mais qu'est-ce que je voy?

SCE-

SCENE XII.

LIZETTE, MASCARILLE.

MASCARILLE.

Que je fuis travaillé d'avoir couru la pofte,
Mais j'aperçois Lizene, il faut que je l'accofte;
Lizette m'entends-tu? me reconnois-tu bien?

LIZETTE.

Ouy, mais....

MASCARILLE.

Mon cher tendron ne t'enquefte de rien,
Va trouver ta maiftreffe & dis-luy de fe taire,
De toutes nos amours je conduis le miftére,
Qu'Ifabelle obeiffe en tout à fon papa,
Nous vous emmenerons à Monomotapa.

LIZETTE.

Où diable eft ce pays?

MASCARILLE.

Ne t'en mets pas en peine.
Le pere d'Ifabelle en veut faire une Reine,
Nous allons fatisfaire à fon ambition,
Et relever l'éclat de fa condition:
Mais en luy procurant la gloire d'un Empire
Ce n'eft pas à luy feul, à qui j'aprefte à rire.

LIZETTE.

Non, mais à noftre efgard tu ne parles de rien?

MAS-

MASCARILLE.

De quoy parlariôns-nous?

LIZETTE.

Ne le sçay tu pas bien?
Tu t'apliques sans cesse aux affaires des autres,
Et tu ne songe pas à travailler aux nostres.

MASCARILLE

J'y travailleray trop, Lizette, mon amour,
Mais il faut, s'il te plaist, que chacun ait son tour.
Rentre, & me faits descendre à la porte, ton mai-
　　stre;
Mais non, retire-toy, car je le voy parroistre.

SCENE XIII.

MASCARILLE, ACANTE.

MASCARILLE.

Monsieur, je vous connois à vostre gravité,
N'estes-vous pas Acante?

ACANTE

Ouy, c'est la vérité.

MASCARILLE.

De grandes véritez vous vont bien tost surprendre,
Si vous me concedez de les vouloir apprendre.

ACANTE

Je le croy, car déja je me trouve surpris

　　　　　　　　　　　　　　D'une

D'une estrange façon, sans avoir rien appris.

MASCARILLE.

Je ne balance point à vous dire la chose,
Monsir, prenez vostre aise & lisez cette prose,
C'est le titre honoraire, avec le billet doux
D'un Prince, qui prétend de s'allier à vous.
Je l'ay mis en françois, estant son interprète.

ACANTE.

C'est avec trop d'honneur que ce Prince me traite.
LE GRAND SULTAN ALY BASSA TABULISPA
SUPREME SOUVERAIN DE MONOMOTAPA,
Comme quoy ce grand Prince a-t'il pû me connoistre?

MASCARILLE.

Il vous connoist & ceux de qui vous tenez l'estre,
Et sur tout il connoist la parfaite beauté
Qui meut l'estre de vous.

ACANTE

      Estrange nouveauté!
Ce grand Roy sçait-il bien comment elle s'appelle?

MASCARILLE.

Son cœur trop amoureux n'adore qu'Isabelle,
Mais lisez le billet que je vous ay donné,
C'est pour vous allier d'un Prince curieux.

ACANTE.

Je lis avec respect ce sacré caractère
Qui ne m'est pas venu sans cause, & sans mistére.

LETTRE.

*Mon tres-cher & tres-honoré Monsr. Acante, Le renom
de la beauté & de la vertu de vostre incomparable fille
estant venu jusqu'à mes oreilles, il m'a esté impossible de
m'empescher d'en avoir la peinture, dont l'éclat m'a tellement
surpris & charmé, qu'il faut à quelque prix que ce
puisse estre que vous me fassiez la grace de me mettre en
possession de l'original. Les grandeurs & les plaisirs que je luy
prépare, & les dignitez, que je vous destine me persuadent
que vous tratterez facilement de toutes choses avec mon
Ambassadeur, vous avez trop d'ambition & de courage
pour ne vouloir pas que je me die de tout mon cœur vostre
gendre & bon amy, Le grand Sultan Aly Bassa Tabalipa,
suprême Souverain de Monomopara.*

Monsieur, j'avois desja appris par un oracle
Ce qui semble aujourd'huy m'arriver par miracle,
Mais vostre Ambassadeur est-il bien loin d'icy?

MASCARILLE.

Non, il me suit de prest, mais, Monsieur, le voicy.

ACANTE.

Il le faut arrester un moment dans ma salle;
Que n'ay je une maison grande comme une halle,
Je ferois assembler icy tous mes parens;
On ne sçauroit jamais trop honorer les Grands,
Ne luy feray je pas quelques mots de harangue?

MASCARILLE.

Non, cét Ambassadeur n'entend pas vostre langue,
Il ne vous parlera que par ses actions
Faites-luy seulement trois génuflexions;

Bas,

Bas, bas; qu'il ne vous donne un coup de cime-
    tére,
Il se faut laisser choir les deux genoüils en terre,
Et puis se relever trois fois soudainement.

ACANTE.

J'ay la goute.

MASCARILLE.

    On ne peut l'honorer autrement.
Bon, joignez les deux mains sur vostre conscience,
Et de bien saluër vous aurez la science,
Achevez promptement.

ACANTE.

    Je me romps les genoux.

MASCARILLE.

C'est un mal necessaire, il le faut trouver doux:
Vostre salut est fait, songeons à l'autre affaire.
Nous avons avec nous un habille Notaire
Comme il sçait vostre langue & la nostre, il a fait
Tout ce qui peut remplir de mon Roy le souhait.

SCENE XIV.

ACANTE, NOTAIRE, MASCA-
RILLE.

NOTAIRE.

Salut, j'ay préparé toute vostre Escriture,
Monsr. m'ayant appris toute vostre avanture,
Et que vostre Isabelle espouseroit son Roy;
J'apporte ce Contract prest à signer, sur moy,

B 5

Le

Le voilà, j'en feray devant vous la lecture,
Il n'y faut adjouter que voftre fignature.

ACANTE.

Vous eftes prévoyant.

MASCARILLE.

Tout roule fous mon foin,
Mais d'avoir Ifabelle il eft icy befoin,
Allez faire venir voftre adorable fille,
N'oubliez pas Lizette, elle eft de la famille.

ACANTE.

Vous fçavez tous les noms.

MASCARILLE.

Je n'ignore de rien.
Je fçay jufques au nom de voftre petit chien,
Il s'appelle brufquet.

ACANTE

C'eft une chofe eftrange !

MASCARILLE.

Monsr. envoyez-nous du jus de la vendange,
Il faut du vin d'efpagne à noftre Ambaffadeur,
On n'en boit jamais d'autre avecque fa Grandeur.

ACANTE.

Je vais vous envoyer quatre grandes bouteilles,
Et préparer ma fille.

SCE-

SCENE XV.

MASCARILLE, LIZANDRE.

MASCARILLE.

Il raisonne à merveilles.
Voila le vieux resveur, dame, dans le paneau,
Mais pour la fiançaille avons-nous un anneau?

LIZANDRE.

Ma bague sera bonne.

MASCARILLE.

Elle est assez folie,
Fut-on jamais coiffé de pareille folie?
Il en tient le bon-homme, ha! voicy nostre vin.

SCENE XVI.

MASCARILLE, LIZANDRE, VALET.

MASCARILLE.

Donnez-moy que j'en goute, il est morbleu du fin,
Avez-vous des biscuits?

VALET.

Ouy.

B 6   M a

MASCARILLE.

Bonne Intelligence.
Allez dire à Monsr. qu'il face diligente,
Beuvons en attendant, & nous tenons joyeux,
Jamais nostre dessein ne pouvoit aller mieux.
Monsr. beuvez un peu la santé d'Isabelle.

LIZANDRE.

Je meurs d'impatience, attendant cette belle.

MASCARILLE.

Vous ne sçauriez mourir, car vous tenez en main
Contre les maux de cœur un reméde certain.
Mais on va de la salle au jardin, il me semble
Que nous y debvrions faire un petit tour ensem-
ble,
On vient.

SCENE XVII.

ACANTE, ISABELLE, LIZET-
TE.

ACANTE.

Ils sont passez de la salle au jardin,
Ma fille, il faut donner le cœur avec la main
Ne pensez pas tromper un grand Roy qui vous ay-
me,
Vous aurez bonne mine avec le diadéme,
Mon tireur d'horoscope a dit la vérité,
Vous ne vous plaindrez plus de ma sévérité.
Quand je vous destournois de l'amour de Lizan-
dre,
Je sçavois la fortune où vous deviez prétendre.

ISA-

ISABELLE.

Mon pere c'est beaucoup, que d'espouser un Roy,
Mais il est dangereux de violer sa foy:
D'un amour violent & saintement promise
On ne se deffait pas comme d'une chemise,
Je sais ce que m'ordonne une injuste rigueur
Mais sans-doute, Lizandre aura tousjours mon
      cœur;
Quelque pays on j'aille, à qui que l'on me donne
Je n'aimeray jamais que sa seule personne.

ACANTE.

Quand tu seras passée en Monomotapa
Entre les bras d'Aly Bassa Tabalipa
Il ne te souviendra jamais de ton Lizandre.

LIZETTE.

Je croy qu'à vos raisons elle se debvroit rendre,
Mais si je la dois suivre en ce patipata
Je ne trouveray point de Mascarille là?

ACANTE.

Il s'en trouvera cent, & ton sot Mascarille
N'est qu'un pauvre boufon, & qu'un malheureux
      drille.
Suivante de la Reine & des mieux à la cour,
Des Marquis, pour le moins, te parleront d'amour,
Et ce ne seront point de tes Marquis de balle,
Mais nostre Ambassadeur retourne dans la salle,
Prépare toy ma fille, à le bien recevoir.

ISABELLE.
Plus que vous ne voudrez je feray mon devoir.

ACAN-

ACANTE.

Monsr. à m'obeïr ma fille est préparée,
Vous voyez pour l'hímen comme je l'ay parée.

MASCARILLE

Elle peut s'approcher de nostre Amballadeur,
Et fans cérémonie embraffer fa Grandeur.

ACANTE.

Eft ce là parmy vous comme on reçoit les filles?

MASCARILLE.

C'eft de l'honneur qu'on rend aux illuftres familles,
Des peres à genoux il fe fait adorer,
Et puis en leurs enfans il les fçait honnorer.

NOTAIRE.

Monsr. de ce Contraét prendrez-vous la leéture?

ACANTE.

Je ne puis fans lunette en lire l'efcriture,
En bonne confcience, il eft bien en effeét.

NOTAIRE.

De plus jufte & meilleur je n'en ay jamais fait.

ACANTE.

Je le figneray donc deffus voftre parolle.

MASCARILLE.

Madame, c'eft à vous d'achever voftre Rolle.

ISA-

ISABELLE.

Signeray-je mon pere ?

ACANTE

        Ouy, sans plus façonner.

ISABELLE.

J'auray bien de la peine.

ACANTE.

        Allez, sans raisonner.

ISABELLE.

Je vais donc obéir du meilleur de mon ame.

ACANTE.

Enfin pour me complaire elle change de game.

LIZANDRE.

Je veux figuer aussy.

ACANTE.

        Il parle bon François,
Et je suis bien trompé si je n'entends sa voix
J'entre dans le soupçon de quelque stratagéme,
C'est Lizandre sans doute.

LIZANDRE.

        Il est vray, c'est luy-mesme.
Belle Reine, acceptez ce gage de ma foy,
C'est le premier present que vous aurez de moy.

                        L 1.

LIZETTE.

Quel miracle !

LIZANDRE.

Monsieur, excusez mon audace.

ISABELLE.

Mon pere, à vos genoux je demande sa grace,
Vous m'avez obligée à signer, malgré-moy,
Et j'ay receu Lizandre en la place d'un Roy.

MASCARILLE.

Monsr. de bonne grace excusez l'Interpréte.

ACANTE.

Il faut tout advoüer, puisque la faute est faite.
Mais je vous avertis que je m'en vengeray,
Vostre mere se meurt, je me remariray.

SCÉNE XVIII.

LIZANDRE, MASCARILLE, ISABELLE, LIZETTE, NOTAIRE.

ISABELLE.

Mon pere, à vos desirs personne ne s'oppose.

NOTAIRE.

Ne faut-il point encor escrire quelque chose ?

MAS

MASCARILLE.

Ouy, Lizette, avec moy te veux-tu marier ?

LIZETTE.

Je ne me feray pas fort longuement prier.

MASCARILLE.

Dis-moy si quelque jour en venant de me battre
Dans la chaleur du vin j'arrivois à te battre,
Sans pitié, n'y regret, me ferois-tu cornard ?

LIZETTE.

Sur ce chapitre-là tu fais le goguenard,
Mais dis, si tu me veux sans t'amuser à rire.
En pleine liberté j'ose bien te le dire,
Bien que l'adveu s'en face à ma confusion,
Quelque chose m'oblige à la conclusion,
Je suis d'âge à porter le joug du mariage.

MASCARILLE.

Et moy, je ne sçaurois différer d'avantage,
Tu n'as qu'à me donner un baiser & ta foy.

LIZETTE.

Si Madame le veut, je te respond de moy.

ISABELLE.

J'y consens de bon cœur.

MASCARILLE.

Viens, qu'à cela ne tienne,
C   Je

48

Je te donne ma foy.

LIZETTE.

Je te donne la mienne.

LIZANDRE.

Allons, on eſcrira le Contract à loiſir,
Puiſque tout a finy ſelon noſtre deſir.

FIN.

www.ingramcontent.com/pod-product-compliance
Lightning Source LLC
Chambersburg PA
CBHW061706180626
46818CB00003B/1283